AF456533

ARLEQUIN PYGMALION

OU

LA BAGUE ENCHANTÉE,

PARADE EN UN ACTE,

MÊLÉE DE VAUDEVILLES;

PAR le C. AUGUSTE DOSSION.

Représentée, pour la première fois, sur le Théâtre du Vaudeville, le 29 Pluviose, l'an 2me. de la République française, ou le 17 Février 1794, (vieux style.)

PRIX: vingt-cinq sols, avec la Musique.

A PARIS,
CHEZ le Libraire, au Théâtre du Vaudeville;
ET à l'Imprimerie, rue des Droits de l'Homme,
N°. 44.

An deuxième.

PERSONNAGES.	ACTEURS.
	Les CC. et Cnes.
ARLEQUIN.	*Delaporte.*
COLOMBINE.	*Dufey.*
CASSANDRE.	*Chapelle.*
GILLES.	*Carpentier.*
Le Magicien PARAFARAGARAMUS.	*Vertpré.*
UN NOTAIRE, muet.	*Humbert.*

Plusieurs Automates, inanimés, sous divers costumes.

La Scène se passe à Paris, dans le grenier d'un Physicien.

COUPLET D'ANNONCE.

AIR : *Vaudeville de la Soirée Orageuse.*

Notre titre n'est pas nouveau,
Rousseau l'a deja mis en scene ;
En suivant pas à pas Rousseau,
L'auteur craignait de perdre haleine.

(Aussi n'a-t-il pas suivi tout à fait la meme route; mais,)

Pygmalion, pour appaiser
La critique, toujours fantasque,
Ne voulant que vous amuser,
D'Arlequin emprunte le masque.

ARLEQUIN PYGMALION
OU
LA BAGUE ENCHANTÉE,
PARADE EN UN ACTE,
MÊLÉE DE VAUDEVILLES.

Le Théâtre représente un grenier servant de logis à un Physicien. On voit divers instrumens de sa profession ; télescope, machines pneumatique, électrique, lunette d'approche. Sur une tablette, à droite, des livres d'études ; sur une autre, à gauche, des phioles d'esprit de vin et autres liqueurs ; sphères, cadrans, thermomètres, pendules, baromètres, alembics, fourneaux à souffler. Dans le fond, une grande armoire en forme de buffet ; dessus, sont des têtes en plâtre.

SCENE PREMIÉRE.

ARLEQUIN ; (*il est en pantalon de parade, un habit noir tout déguenillé, une perruque d'auteur, des manuscrits sous le bras.*) *Entrant, tout effrayé, par la fenêtre du grenier.*

AIR : *Ah ! maman, que je l'échappai belle.*

AH ! mon dieu, que je l'échappe belle ;
Tous ces créanciers me font tourner la cervelle.
Ah ! mon dieu, que je l'échappe belle ;
J'en deviendrai fou,
Ils me feront casser le cou.

Tous les jours, c'est envain que je leur crie :
Messieurs, un instant, écoutez-moi donc, je vous prie,
Dans un mois l'on donne une comédie
Dont je suis l'auteur ;
Je vous payerai, sur mon honneur.

Ah ! bien oui, personne ne veut m'entendre, le cordonnier murmure, le boulanger gronde, le marchand de vin jure, et s'emporte, le traiteur me ménace de me laisser mourir de faim ; enfin, tout à l'heure ils se réunissent tous et viennent me demander la bourse ou la vie, car ils se proposaient poliment de me jeter par les fenêtres si je ne les payais pas : (ce n'est pas une bonne motion à faire à un Arlequin.) Je fais semblant d'aller chercher dans mon cabinet de quoi les satisfaire : j'enlève mes chers manuscrits, je passe par ma lucarne, et de toits en toits, j'arrive enfin ici, où sans doute ils ne me soupçonnent guères ; mais ce n'est pas sans peine. »

Car, ma foi, je l'ai bien échappé belle ;
Vingt fois trébuchant, prêt à tomber daus la ruelle,
J'ai bien cru, que dans ma frayeur mortelle,
Le premier faux pas
Me conduirait du haut en bas.

A présent que je commence à être remis de ma peur, examinons un peu où nous sommes.... Oh ! oh ! voici un domicile qui semble être celui de quelque fou comme moi.... nous autres philosophes, nous avons toujours des meubles singuliers.

AIR : *Je suis afficheur.*

Des philosophes, des savans
On trouve bien dans le ménage
Des livres et des instrumens ;
Mais pas un meuble à leur usage.
Celui-ci possède pour lot,
De physique mainte machine,
Et n'a pas seulement un pot
Pour faire sa cuisine.

Ah ! ah ! des cartes de géographie, des globes, des sphères ; il faut que ce soit le logis d'un savant ; tout cela ne m'arrange guères : je meurs de faim, et je ne vois ici que des livres, et c'est une viande bien creuse pour un philosophe qui n'a rien mangé de la journée.

AIR : *De la fanfare de St. Cloud.*

Les beaux-arts et la science
peuvent nourir notre esprit ;
Mais notre corps en souffrance
N'en retire aucun profit ;
J'aime bien mieux une bête,
Qui, sans savoir l'almanach,
Ne foure rien dans sa tête,
Mais remplit son estomac.

Ma foi oui, tout bien considéré, j'aimerais mieux avoir un peu moins d'esprit et un peu plus de richesse ; avec l'une je pourrais acheter l'autre, au lieu que bien souvent l'esprit est une mauvaise lettre de change.

Ah! ce cabinet est assez monté en bouteilles.

AIR : *Vive le vin, etc.*

Sur ces jolis petits flacons
Quelque chose est écrit ; lisons :
Esprit de vin. Ah ! quel dommage !
Quand je l'aurais tout en partage,
Je n'en pourrais tirer profit ;
Tout ce vin là, s'il avait moins d'esprit,
Serait bien mieux à mon usage.

Il prend une phiole qui contient une rose conservée dans de l'esprit de vin,

AIR : *De Wicht.*

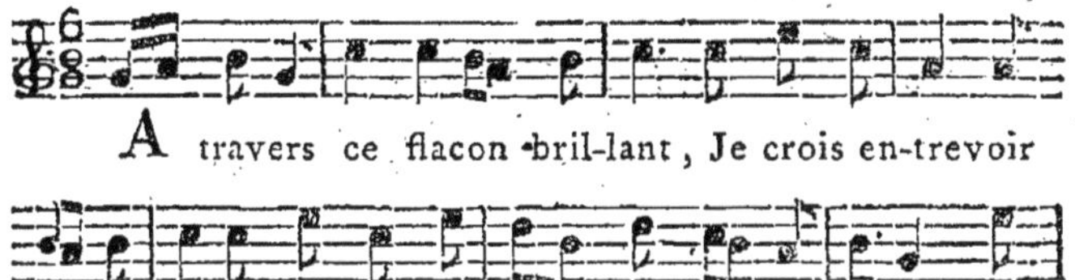

A travers ce flacon bril-lant, Je crois en-trevoir

quelque chose Dans sa fraîcheur, C'est u-ne ro-se d'hon-

neur, Le secret est charmant.

« Mil sept cent quarante trois; il y a cinquante ans passé qu'elle est dedans, quel coloris, quelle vivacité. »

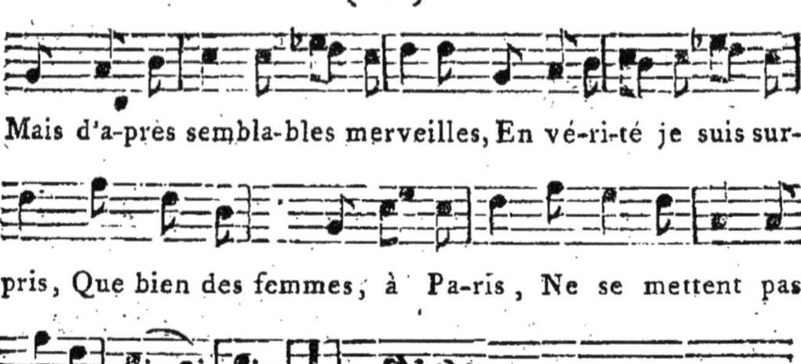

Ah ! il me semble entendre remonter le maître du logis, remettons vîte ce meuble à sa place ; c'est déjà bien assez d'être chez lui sans sa permission, sans m'attirer encore d'autres reproches.

Il laisse tomber la phiole qui se brise, aussitôt s'élève une flamme d'où l'on voit sortir un magicien qui s'avance vers Arlequin, celui-ci fait quelques lazzis de frayeur.

Ah ciel ! en voici bien d'une autre, il m'arrivera quelque malheur aujourd'hui.

SCENE II.

LE MAGICIEN, ARLEQUIN.

ARLEQUIN, *encore plus effrayé en l'appercevant.*

AH ! mon dieu, qu'est-ceque je vais devenir ; c'est sans doute la chambre à coucher du physicien que je viens de briser là ; ah ! monsieur le physicien ne me tuez pas, je vous en prie, j'apprendrai mieux à vivre une autrefois.

LE MAGICIEN.

AIR : De *Wicht.*

BANNIS l'effroi que t'ins-pi-re, Ma prompte ap-pa-ri-ti-

on ; Fai-re ce que tu de-si-re, Est ma seule am-bi-ti-

on ; Re-çois en reconnais-sance, Du bien que tu m'as ren-

du ; Cet an-neau dont ma puis-san-ce, Seule é-ga-le

la ver-tu.

ARLEQUIN.

AIR : *Ah ! le bel oiseau, maman.*

Ah ! le bel anneau, vraiment,
Monsieur, je vous remercie ;
Cette pierre, apparemment,
Est quelque riche brillant.

Quel est le prix, franchement,
De cette bague jolie !
Je vais la vendre à l'instant,
Ce n'est point une folie,

Car j'inspire assurément
Plus de pitié que d'envie ;
Et chez un juif à présent,
Je gagnerais cent pour cent.

Vous voyez bien vous-même que ce n'est point une malhonnêteté ; quand j'aurais des bagues aux deux mains, jusqu'aux pouces, cela ne fairait guères un bel effet avec mon habit percé jusqu'aux coudes, et l'estomac bien creux.

LE MAGICIEN.

Sois tranquille, je pourvoirai à tout cela; mais gardes cette bague, elle est plus précieuse par sa vertu que par sa richesse.

ARLEQUIN.

Oui, mais dans ce moment ci, j'ai plus besoin de richesse que de vertu; cependant quel est donc son pouvoir?

LE MAGICIEN.

Tu le sauras tout à l'heure; apprends auparavant que tu viens de rendre la liberté à un enchanteur.

AIR : *M. de Catinat.*

Ma mère était *Marsane*, et mon père *Oxacus*,
Tous les deux souverains de l'île *Artacamus*;
Leur peuple s'appellait les *Sibarbacocus*;
Moi, je suis le grand *Parafaragaramus*.

Il te souvient sans doute de l'histoire d'Asmodée, surnommé le Diable Boiteux, à qui certain Cléofas rendit la liberté que lui avait ravie un enchanteur plus puissant que lui.

ARLEQUIN.

AIR : *De l'Isle des Femmes.*

Il m'en souvient confusément,
Oui; c'était comme une merveille,
Que cet enchanteur, méchament,
Conservait le diable en bouteille.
Si, par un miracle nouveau,
Dans un vase on m'offrait un gîte,
Je préférerais un tonneau
Ou le fond de quelque marmite.

J'aime le solide, moi; une bouteille c'est trop casuel.

LE MAGICIEN.

Trève de plaisanteries, apprends que je suis cousin germain d'Asmodée; or, cet enchanteur qui a toujours gardé rancune à notre famille, m'a fait éprouver le même sort qu'à mon cousin le Boiteux; mais nouveau Cléofas, tu viens de briser ma prison, et je dois t'en marquer ma reconnaissance, c'est pourquoi je t'accorde cette bague et ma protection.

ARLEQUIN.

AIR : *Du prévôt des marchands.*

De vous avoir désenchanté,
Je suis, vraiment, fort enchanté;
D'amitié je garde ce gage.
Mais ne pourrais-je vous prier
De m'en apprendre au moins l'usage,
Car je brûle de l'essayer.

LE MAGICIEN.

Cette bague anéantit tous les enchantemens.

AIR : *La comédie est un miroir.*

Mais le don le plus précieux
De cet anneau charmant et rare,
Celui dont le maître des dieux
Se montra toujours trop avare :
C'est d'inspirer à la beauté,
Que souvent nul desir n'enflâme,
La douce sensibilité;
Enfin, de lui donner une âme.

ARLEQUIN.

Je n'ai pas d'amour-propre, cependant je vous préviens que je n'ai pas besoin d'anneau pour cela.

AIR : *du vaudeville de la Soirée Orageuse.*

Si ce n'est que sur la beauté
Que cet enchantement opère;
Je crains bien fort envérité,
d'en avoir rarement à faire.
Quand deux beaux yeux me font la loi;
Bientôt mon cœur devient sensible,
Et quand je suis sensible, moi,
Je fais, oh ! je fais l'impossible.

LE MAGICIEN.

Non; sa vertu s'étend sur tout; elle peut également

opérer l'effet contraire; enfin, ôter ou rendre le sentiment, voilà sa propriété; tu sais mon secret, fais en un bon usage Adieu.

(Il sort; Arlequin le reconduit avec des lazzis.

SCENE III.

ARLEQUIN, *seul.*

Oh! c'est fort commode d'être magicien, c'est d'ailleurs un métier qui nourrit son maître; mais à propos de cela, moi j'ai faim, je vois une espèce de grand buffet, peut-être y a-t-il de quoi manger; oh! je ne sais comment l'ouvrir; je n'en ai pas la clef, cela dérange un peu mes projets. Eh mais, essayons le pouvoir de ma bague.

Il touche une grande armoire avec sa bague, aussitôt elle s'ouvre et l'on voit rangé dans différentes positions des automates de divers costumes, tels que Colombine, Gilles, Cassandre, et un notaire.

Ciel! que vois-je, c'est un cabinet de figures: comme elles sont drôles; en voila une bien agréable, il ne lui manque que la parole pour en faire tout à fait une femme; il y en a cependant beaucoup qui n'en auraient pas besoin. Comme ils sont tous bien habillés, en vérité cela me fait rougir pour ma toilette.

Il apperçoit un costume d'arlequin dans l'armoire, il le prend pour s'habiller.

Eh! mais!.... ah! c'est joli; voilà ce qu'il me faut; une veste de l'uniforme de ma culotte, un chapeau, (*avec le chapeau il fait des cornes*) des plus à la mode, et un sabre.... de bois. Vivat... c'est sans doute une galanterie du magicien

AIR : *De la Parole.*

En tout siècles, en tout pays
A régné la coquetterie.
Elle est toujours d'un très-grand prix,
Pour la femme laide ou jolie.
Cloris au bal pleine d'appas
A fait conquête sur conquête.
Son regard met dans l'embarras.
Tous les cœurs volent sur ses pas.
Qui fait tout cela ? (*bis.*) La toilette. (*bis*)

Oh! sûrement c'est une belle chose que la toilette; mais c'est que ça coûte gros. (*Il examine Colombine*) Comme elle est jolie... Oh ! si je lui donnais de l'âme, peut-être en ferais-je ma maîtresse. Comme elle est gentille.

Il est prêt à la toucher avec sa bague, mais il s'arrête.

AIR : *De Wicht*

Ah! que je suis bon d'avoir peur, rien ne coûte d'essayer ... Touchons-la de cette bague. . eh! bien elle ne remue pas, j'ai beau la tâter par-tout... Ah! bon dieu! que je suis bête.

AIR : *Du Tonnelier.*

Pour toucher un objet charmant,
dont il veut avoir la tendresse ;
Quel endroit attaque un amant ?
C'est toujours au cœur qu'il s'adresse.
Oh ! comme il peint éloquemment
Le tourment, l'ardeur qui le presse ;
C'est toujours par ce moyen là,
Qu'il est heureux qu'il parvient là,

Il la touche au cœur.

Touchons la, touchons la, touchons la, là.
Dieux elle s'anime déjà.

SCÈNE IV.

ARLEQUIN, COLOMBINE, *s'animant peu à peu.*

COLOMBINE.

AIR : *Je l'ai planté, je l'ai vu naître.*

Le bon heur pour moi vient de naître.
Je sens mon cœur s'épanouir ;
Je puis sentir, je puis connaître :
Il m'est donc permis de jouir.

Elle apperçoit Arlequin, et fait un cri de frayeur.

AIR : *Sir Enguerrand venant d'Espagne.*

Ciel ! qu'ai-je vu, quelle aventure !
Quel monstre affreux s'est offert devant moi ;

ARLEQUIN.

Eh ! quoi, serait-ce ma figure,
Ma belle enfant, qui cause votre effroi !

COLOMBINE, *fuyant.*

Ah ! la frayeur
S'empare de mon cœur.

ARLEQUIN.

Dissipez votre erreur,
Rassurez-vous

COLOMBINE.

Hélas !
Je meurs de peur.

ARLEQUIN.

Je vois bien que mes attraits ne la séduiront pas ; il faut me servir de ma rhétorique.

AIR : *Oui noir, mais pas si diable.*

Ma douce et belle amie,
Dissipez votre effroi.
Vous êtes bien jolie,
Je suis bien tendre, moi.
Je suis (*bis*) bien tendre, moi.
A pouvoir vous charmer,
A toujours vous aimer,
Je borne mon envie,
Je vous donnai la vie ;
J'aurais l'ame ravie
De vivre près de vous,
Choux choux, (*bis*)
Prenez moi (*bis.*) pour époux. (*bis.*)

COLOMBINE, *à part.*

Il est bien laid, mais sa voix est bien douce.

ARLEQUIN.

AIR : *Ah ! si tu voulais.* (*d'Azémia.*)

Je crains trop de t'effaroucher
En montrant ma figure,
Car sans cela de t'approcher,
Je brûle je t'assure.
De près on parle éloquemment,
On peint bien mieux le sentiment,
On aime, (*bis*) bien plus vivement;
Comme mes yeux sauraient te dire
Tout ce dont je voudrais t'instruire.
Ah ! si tu voulais, (*bis*)
Oui, si tu voulais, tiens je croi,
Je parlerais mieux près de toi. (*bis*)

COLOMBINE.

Hélas ! si j'osais (*bis*)
Si j'osais, je pense aussi moi,
Que j'apprendrais mieux près de toi. (*bis*)

Duo, d'Azémia.

COLOMBINE.

J'ai peur, je ne sais pas pourquoi,
Je n'en puis deviner la cause.

ARLEQUIN.

Allons, dissipe ton effroi,
Ma laideur est bien peu de chose.
Approche toi.

COLOMBINE.

Moi ?

ARLEQUIN. (*bis.*)

Toi.

COLOMBINE.

Qui, moi ?

ARLEQUIN.

Oui, toi.

COLOMBINE. (*bis.*)

Je n'ose.

ARLEQUIN.

Pour m'écouter, viens près de moi.

COLOMBINE.

Je sens en moi je ne sais quoi.

ARLEQUIN.

De l'amour suivons la loi.

ARLEQUIN.	COLOMBINE.
De l'amour suivons la loi.	J'éprouve un peu moins d'effroi.
Un peu de confiance.	
Fais quelques pas, avance.	
Allons, viens donc tout près de moi.	Je suis bientôt auprès de toi.

N'ais donc plus peur.	Mais, j'ai moins peur.
Eh bien; eh bien, que dit ton cœur?	Il me fait sentir que je t'aime !
	Et toi, et toi, que dit ton cœur ?
Pour toi, le mien est le même !	
Donnes ta main, ton Arlequin	Voici ma main, cher Arlequin
Te fait la promesse,	Fais moi la promesse,
Sensible amant, tendre et constant,	Sensible amant, tendre et constant,
De t'aimer sans cesse.	De m'aimer sans cesse
De ma coûleur, n'ais donc plus peur;	De ta couleur je n'ai plus peur.
Tu n'en dois croire que mon cœur.	Je n'en dois croire que ton cœur;

ARLEQUIN.

Ah! ça, ma bonne amie, à présent que c'est une affaire arrangée entre nous, il faut aller chez le notaire.

COLOMBINE, *l'arrête.*

Un petit moment; l'amour qui m'a rendu la vie vient de me rendre aussi la mémoire. Parmi ces automates privés de sentimens, tu vois mon père et Gilles son valet; il faut les ranimer, tu ne me le refuseras pas, quant aux autres, cela m'est égal.

ARLEQUIN.

Ah! fort bien... mais, ma petite Colombine, si lorsque je lui aurai fait reprendre connaissance, ton père ne voulait pas consentir à notre union.

COLOMBINE.

AIR : *Je veux avant de prononcer.* (du divorce.)

Mon ami, pourrais tu douter
De sa vive reconnaissance,
Son cœur ne pourra résister
Aux charmes de ton éloquence;
Dé nos sentimens tour à tour
Offrons lui la vive peinture;
Et sois sûr que bientôt l'amour
Triomphera de la nature.

ARLEQUIN.

(*Il touche Cassandre avec sa bague, mais il ne s'anime pas.*)

AIR : *De Joconde.*

Ou toucherai-je ton papa,
Pour lui rendre la vie ?
Sera-ce ici, sera-ce là ?
C'est pis qu'une momie.

De cette insensibilité
Que faut-il que j'augure !
Lorsque je vois tant de bonté
Peinte sur sa figure.

AIR : *De la brûlure.*

Eh ! quoi me faut-il renoncer
A ranimer Cassandre !
Et rien ne peut-il le forcer
A redevenir tendre !

« Mais je songe à une chose, essayes toi-même, ma bonne amie. Tiens voici l'anneau. »

Si de tes jours il est l'auteur,
Tu lui dois être chère ;
Et lors que l'on touche son cœur,
Un père est toujours père.

En montrant Gilles.

AIR : *Du curé de Pompone.*

Pour celui-ci, c'est différent,
Sans que rien ne m'arrête
Pour lui rendre le sentiment,
Je vais toucher sa tête.
Ah ! par son plus faible assurément.
C'est bien prendre une bête.

COLOMBINE,

Mais, mon bon ami, je n'y pensais plus, Gilles est ton rival, soutenu par mon père, il sera peut-être dangereux de le désenchanter.

ARLEQUIN.

Mon rival... ne crains rien, ma petite bonne amie, je vais m'y prendre de façon qu'il ne pourra pas nous nuire.

COLOMBINE.

Comment cela ?

ARLEQUIN.

AIR : *N'en demande pas davantage.*

De parler, de voir, d'écouter
Je veux bien lui rendre l'usage,
De boire, manger et chanter,
Je lui laisse encor l'avantage ;

Mais,

Mais, ma petite Colombine, comme je vais être ton mari, et que tout bête que soit mon rival, on ne guérit pas de la peur.

Je veux l'empêcher
De marcher, toucher...

COLOMBINE, *l'interrompant.*

Il n'en faudra pas davantage. (*bis*)

Colombine prend l'anneau et en touche son père au cœur, ensuite elle le rend à Arlequin qui touche Gilles à la tête.

SCÈNE V.

ARLEQUIN, CASSANDRE, COLOMBINE, GILLES.

CASSANDRE, *s'animant peu à peu, et parlant très-lentement.*

AIR : *Ciel, l'univers va-t-il donc se dissoudre!*

Quel changement, quelle métamorphose,
Je vois, je sens, je ratrappe l'esprit,

GILLES, *très-vite, ne remuant que la tête.*

Chez moi c'est la même chose,
Je ratrappe l'appetit,
Je sens la cause
Qui le produit.
Sans doute après trente ans
Que par merveille
Là je sommeille,
Quand je m'éveille
J'ai de longues dents.

CASSANDRE, *appercevant Colombine avec Arlequin.*

AIR : *Modérons, modérons nous, etc.*

Ciel! que vois-je avec un garçon!
N'est-ce pas ma fille!

Quel affront pour ma famille.
Ah ! je conçois la trahison,
De cet attentat je veux tirer raison.

ARLEQUIN et COLOMBINE.

Reculons, reculons, reculons nous,
Il est en colère,

ARLEQUIN.

Comment l'appaiser ma chère ?

CASSANDRE.

Approchons, approchons, et vengeons nous,

ARLEQUIN et COLOMBINE.

Vos enfans, monsieur, tombent à vos genoux.

CASSANDRE, *avec emphase.*

Ce repentir, seigneur, est-il bien véritable ?

ARLEQUIN.

Mais monsieur Cassandre, je n'ai à me repentir de rien. J'ai désenchanté mademoiselle votre fille, elle m'a parue aimable, je l'ai aimée, elle m'a aimé, nous nous sommes aimés; je vous désenchante à votre tour, je veux vous aimer, vous ne voulez pas m'aimer; nous voulons et nous ne voulons pas...

GILLES, *l'interrompant et parlant fort vîte.*

Tenez, monsieur Cassandre, ne l'écoutez pas, c'est un bavard qui vous en dira de belles, si vous le laissez parler. Vous voyez comme il me traite, il me lie bras et jambes, et quoique je n'aye le plaisir de le connaître que depuis un instant, sa figure ne me revient pas du tout; il a quelque chose de noir dans l'âme. Je parirais qu'il est gourmand, ivrogne, dépensier, libertin, mauvaise langue, enfin, ce n'est pas là ce qu'il vous faut pour votre gendre; et puis d'ailleurs, vous n'avez pas oublié ce que vous m'avez promis. Vous m'avez dit cent fois.

AIR : *Toujours seule disait Nina.*

Ecout' Gill' t'es un bon garçon :
T'as d'l'esprit, t'es honnête :

Et comm'Jeveux faire ton bonheur
J'te donnerais ma fille.
Tu m'as dit cent fois qu'tu l'aimais,
A caus'que je suis son papa,
Je te promets sur mon honneur
Qu'tu l'auras, vous m'l'avez dit....

CASSANDRE, *faiblement.*

Oui.

ARLEQUIN, *fortement.*

Non.

Arlequin et Colombine se mettent aux genoux de Cassandre, et lui chantent le duo suivant. Pendant ce tems-là, Gilles fait toutes sort.s de contorsions.

ARLEQUIN.

AIR : *Un militaire.*

Montrez-vous père;
Daignez nous ouvrir votre cœur;
Rendez-vous [bis.] à ma prière :
Tendres enfans font le bonheur
D'un tendre père.

COLOMBINE.

AIR : *Dans le cœur d'une cruelle.*

A la voix de la nature
Ne fermez pas votre cœur;
Colombine vous conjure
De confirmer son bonheur.
Ah! j'ose attendre
De vous cet heureux succès;
De l'amour, s'il n'a les traits,
En est-il moins sensible et tendre?

CASSANDRE.

Tout cela est à merveille; mais ma fille, tu me parles de mariage sans me laisser le tems de me reconnaître. Comment te trouves-tu ranimée? Par quel pouvoir le suis-je moi-même?

COLOMBINE.

Par le pouvoir d'Arlequin.

CASSANDRE, *étonné.*

D'Arlequin?

COLOMBINE.

Oui, mon père.

AIR : *Réveillez-vous, belle endormie.*

Mon Arlequin est incroyable,
J'en ai bien la preuve en ce jour.
Pour la magie, oh! c'est un diable;
Et c'est un ange pour l'amour.

Mon père, je vous conterai tout cela ce soir à souper.

ARLEQUIN.

Dépêchons nous donc, car j'ai faim, et monsieur Cassandre me dira en même-tems par quel événement vous vous trouviez tous enchantés ici. J'étais trop amoureux pour le demander alors.

CASSANDRE.

Sans doute, mais monsieur Arlequin, quelle reconnaissance ne vous ai je pas, et comment payer l'obligation... de la conséquence... du bienfait?...

ARLEQUIN, *avec embaras.*

Monsieur, la main de Colombine vous acquitterait trop envers moi... pour que .. je... ne...

CASSANDRE.

Eh! mais, qu'en penses-tu, ma fille?

COLOMBINE.

Mon père, je serais au comble de mes vœux.... si.... vous....

CASSANDRE.

Voilà qui est clair. Je vous entends.

AIR : *Vaudeville de l'amour filiale.*

Allons je me rends à vos vœux,
Je me rends à votre tendresse,
Mes chers enfans tout ce qui m'intéresse,
C'est que par vous je sois toujours heureux;
pour vous mon amour est extrême;
Tous deux vous êtes dans mon cœur,
Si vous voulez conserver le bonheur,
Aimez-vous comme je vous aime. (*bis*)

ARLEQUIN, *sautant de joye.*

Oh! mon petit papa!

GILLES.

Ah! ça, monsieur Cassandre, il paraît que vous ne

voulez plus de moi; il faut bien que je m'en console. Ces diables d'Arlequins m'ont toujours porté malheur; mais, monsieur, puisque c'est fini, priez qu'on me délivre.

COLOMBINE.

Ah! oui, mon ami, rends lui la liberté. Tu n'en as plus rien à craindre.

CASSANDRE.

Ah! oui, mon ami.

ARLEQUIN.

Je n'ai rien à vous refuser à l'un et à l'autre, vous me rendez trop heureux aujourd'hui.

Arlequin va désenchanter Gilles en entier; il apperçoit un notaire et le désenchante; celui-ci va tout de suite se placer à une table, et se met à écrire un contrat de mariage, sans dire un seul mot.

ARLEQUIN, *à Gilles.*

Vas, mon bon ami, je te donne à présent la clef des champs. (*Il apperçoit le notaire.*) Parbleu voici qui se rencontre à propos; un notaire! je m'en vais finir tout desuite mon mariage.

CASSANDRE.

Que faites-vous donc là, mon gendre?

ARLEQUIN.

Ecoutez donc, beau-père, nous avons l'air de jouer ici la commédie; or, comme vous le savez.

AIR : *Tout comme a fait ma mère.*

C'est toujours par un mariage
Que finissent ces pièces la.
Après beaucoup de verbiage,
Il faut toujours en venir là;
Chacun s'demande pourquoi,
Dam, dam, j'n'en sais rien, moi;
Mais enfin, c'n'est pas pour rien faire
Qu'j'ai trouvé là (*ter*) l'notaire.

D'ailleurs, un notaire n'est jamais embarrassant; faire signer le contrat et recevoir ses honoraires, voilà toute sa besogne.

CASSANDRE.

En ce cas là, je vais donc signer.

ARLEQUIN.

Et nous aussi, pas vrai, ma petite Colombine? (*Ils signent.*)

Allons, Gilles, signe, comme témoin.

GILLES.

Je ne sais pas écrire. (*au notaire*) Ah! ça, monsieur le notaire, n'oubliez pas que vous avez le droit d'embrasser la future.

Le notaire embrasse Colombine sans dire un mot, et s'en va après avoir été payé; Gilles veut embrasser aussi Colombine, Arlequin le repousse.

Et moi, est-ce que je n'aurai rien à faire donc?

ARLEQUIN.

Si fait, tiens l'écritoire, et puis je te fais premier garçon de la noce, tu boiras, mangeras, danseras, et riras tant que tu voudras; et puis je te marierai un jour.

GILLES.

Allons, il faut bien vouloir ce qu'on ne peut empêcher, et faire contre fortune bon cœur. Aussi bien je ne suis pas homme à bouder contre mon ventre; ainsi touchez-là, je ne vous en veux plus.

VAUDEVILLE.

AIR : De *Wicht.*

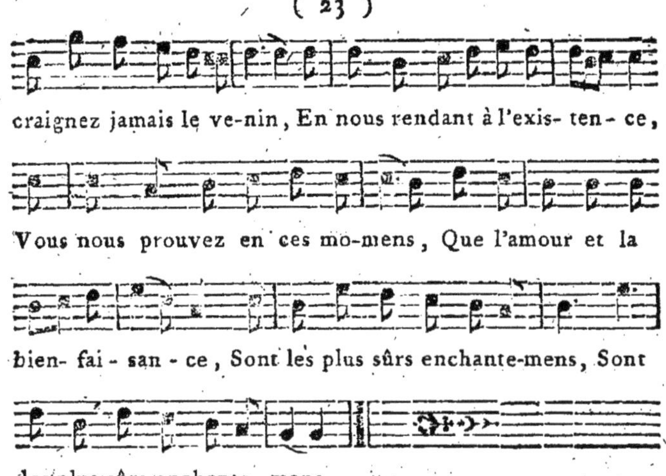

ARLEQUIN.

Nous allons être unis ma belle;
Aimons nous toujours tendrement,
Que chacun de nous soit fidele
A son amour à son serment.
Pour ne pas craindre l'inconstance,
Souviens toi qu'entre les amans
La douceur et la complaisance;
Sont les plus sûrs enchantemens.

COLOMBINE, *au Public.*

Quand il fit cette bagatelle,
L'auteur eut bien l'intention
De former un joli modèle;
Mais il n'est pas Pygmalion.
La critique aurait bonne envie
Q'il fut privé de sentiment,
Citoyens, donnez lui la vie,
Dans vos mains est l'enchantement.

FIN.

PROPRIÉTÉ.

JE déclare que je poursuivrai devant les Tribunaux, tout Directeur de Spectacles qui, au mépris des Loix existantes, pour la conservation de la propriété, ferait représenter ARLEQUIN PYGMALION, ainsi que tout Imprimeur qui s'en permettrait une contrefaçon.

Paris, ce 28 Floréal, l'an deux de la République Française.

Signé, AUGUSTE DOSSION.

www.ingramcontent.com/pod-product-compliance
Ingram Content Group UK Ltd.
Pitfield, Milton Keynes, MK11 3LW, UK
UKHW022149260726
13993UKWH00005B/2260